AF309010

DISCOURS

DE RÉCEPTION,

PRONONCÉ PAR M. VILLEMAIN,

A L'ACADÉMIE FRANÇAISE,

ET

RÉPONSE DE M. ROGER,

DIRECTEUR DE L'ACADÉMIE.

DISCOURS

PRONONCÉS

PAR

MM. VILLEMAIN ET ROGER,

A L'ACADÉMIE FRANÇAISE,

LE 28 JUIN 1821.

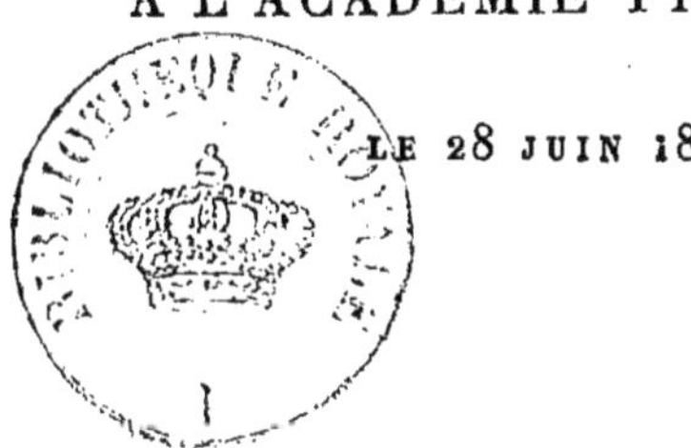

A PARIS,

CHEZ Mme. SEIGNOT, LIBRAIRE,

QUAI ST.-MICHEL, MAISON DE LA LINGÈRE.

1821.

M. VILLEMAIN ayant été élu par l'Académie Française, à la place vacante par la mort de M. DE FONTANES, y est venu prendre séance le 28 juin 1821, et a prononcé le discours qui suit :

MESSIEURS,

Le soin d'honorer la mémoire des membres que vous perdez est toujours, dans la bouche de leurs successeurs, un hommage rendu à la dignité des Lettres. Pour moi, c'est aujourd'hui l'accomplissement d'un devoir personnel et sacré. Au moment où vos indulgens suffrages ont daigné me choisir, il m'a semblé que par une insigne bonté vous m'aviez admis à l'honneur de prononcer devant vous l'éloge public d'un bienfaiteur et d'un ami. Je me suis involontairement rappelé cette coutume romaine qui, lorsque la mort avait enlevé quelque célèbre citoyen, noble patron de la jeunesse, autorisait un de ses cliens, un de ses élèves, à déplorer une telle perte du haut de la tribune, sans autre droit pour y monter que le privilége de la reconnaissance, et cette recommandation que laisse après elle une illustre amitié. Je ne puis, en effet, Messieurs, me rendre compte à moi-même des faibles titres qui m'ont amené jusqu'à vous; je ne puis jeter les yeux sur les premiers degrés de ma carrière peu longue et peu remplie, sans y retrouver partout la main tutélaire et la généreuse amitié de M. de Fontanes. Elle m'accueillit au sortir des écoles publiques, et m'y replaça bien jeune encore dans les fonctions de l'enseignement : elle encouragea mes premiers essais, et les suivit dans l'épreuve de ces concours littéraires qui m'ont quelquefois attiré vos regards; elle les protégea de son estime; elle me protégea longtemps moi-même; elle m'honora toujours.

Et lorsque j'espérais jouir d'une si précieuse bienveillance, lorsque comparant à la frêle durée de la jeunesse cette maturité pleine de force qui semblait promettre beaucoup d'années à M. de Fontanes, je me confiais au temps et à l'avenir pour lui payer toute ma reconnaissance, il nous est enlevé par un coup soudain; et je ne pourrai rien pour lui que célébrer son rare talent et son noble cœur, par un éloge que vos regrets ont prévenu, et dont sa renommée n'a pas besoin.

J'aperçois parmi vous, Messieurs, un des plus honorables et des plus fidèles amis de M. de Fontanes, celui même qui me présentait, il y a dix ans, à sa bienveillance; et le sort l'a choisi pour me recevoir aujourd'hui près de sa tombe.

La vie de M. de Fontanes, que les événemens ont conduit sur le théâtre des grands emplois et de la politique, commença par ce dévoûment aux lettres, par ce pur enthousiasme de l'étude, première vocation et dernière préférence des talens faits pour la gloire. Né avec la passion de la poésie, il y fut encouragé, dès l'enfance, par l'exemple d'un frère qui mourut fort jeune, à l'aurore du talent, et dont il aimait, dans ses derniers jours, à répéter le nom et les vers.

M. de Fontanes sortait d'une famille protestante ; il a lui-même rappelé cette origine dans un poëme de sa jeunesse à la louange du mémorable édit qui rendait aux protestans les droits de famille et de cité : glorieuse réforme, accomplie par le vœu libre et spontané de Louis XVI ! monument d'une justice qui devançait les lois ! Les vers de M. de Fontanes, couronnés par l'Académie française, étaient dignes d'un si favorable sujet. La philosophie judicieuse et modérée, le respect de la religion, le culte de la gloire et des arts, qui distinguèrent toujours le talent de M. de Fontanes, sont vivement empreints dans cet ouvrage écrit à une époque où la censure amère du passé était facile et populaire. Tout en déplorant la fatale révocation de l'édit de Nantes, qu'il nomme *la grande erreur du siècle de la gloire*, le jeune poëte offrait un éloquent hommage à l'ombre auguste de Louis XIV ; et en accusant les rigueurs du faux zèle, il célébrait la religion, dont les secours, dit-il dans un beau vers, apportent aux misères humaines

Ce dictame immortel qui fleurit dans les cieux.

Quelques autres essais déjà sortis de la plume de M. de Fontanes avaient tous également annoncé cette prédilection invariable, ce penchant naturel qui le conduisaient vers l'école littéraire du siècle de Louis XIV, et ce talent qui méritait d'en perpétuer la gloire. Ces premiers essais d'un jeune homme ignoré parurent au milieu de toutes les recherches du faux goût, et de toutes les prétentions paradoxales, qui marquèrent les heureux et derniers loisirs du dix-huitième siècle, dans cette société tout-à-la-fois curieuse et fatiguée des lettres, qui avait pour ainsi dire usé l'esprit comme le bonheur, et que ses lumières et sa frivolité, sa raison et ses vices tourmentaient du besoin d'une immense nouveauté. Dans cette corruption d'Athènes en décadence, M. de Fontanes excita la surprise par la perfection du goût. Ses vers éclatans de pureté semblaient faits sur le modèle des anciens et de la nature; et cette prose éloquente, qui s'est soutenue tant de fois au niveau des plus difficiles occasions et des plus imposans spectacles, M. de Fontanes en posséda le secret,

dès qu'il commença d'écrire, et il en ré-
pandit toutes les richesses dans son premier
ouvrage, dans le discours, d'une maturité si
précoce et d'une élégance vraiment origi-
nale, qui précède la traduction de l'*Essai
sur l'homme* de Pope.

Ainsi, Messieurs, dans la double carrière
de l'éloquence et de la poésie s'annonçait,
il y a près de quarante ans, un nouvel écrivain, digne de continuer la succession des
grands talens, unissant le goût et l'imagination, la correction et l'éclat, et qui surtout semblait retrouver dans ses écrits la
langue du dix-septième siècle, cette langue
noble et pure, précise et sonore, que Voltaire avait entendue dans la vieillesse de
Louis XIV, et qu'il avait parlée si longtemps,
et sur tant de modes divers, à la France trop
enchantée par sa voix. Voltaire était des-
cendu dans la tombe sans avoir d'héritier,
et ne laissant après lui d'autre élève que son
siècle même ; mais la tradition de la licence
n'est pas l'héritage du génie ; et cet empire
des Lettres où Voltaire avait régné, qu'il
agitait de sa présence, dont il parcourait

à-la-fois tous les points opposés, parut un moment désert et silencieux après sa mort.

Cependant de grandes renommées soutenaient encore le déclin de la poésie française, et l'enrichissaient de beautés hardies ou brillantes, mais sans lui rendre la pureté de ses premiers modèles. M. de Fontanes, inspiré par des Muses plus sévères, porta le goût classique jusque dans la poésie descriptive, où l'abus du talent est si voisin de sa richesse. *Le Verger*, *la Forêt de Navarre*, *l'Essai sur l'Astronomie*, semblaient moins une imitation complaisante de la nouvelle école, qu'un heureux exemple de précision et de pureté qui lui était offert. Que de beautés, en effet, Messieurs, dans ces rapides esquisses abrégées par le goût! Quel art de mêler toujours l'homme à la nature, et d'embellir chaque tableau par la vérité des sentimens, plus rare encore que celle des images! Le poëme sur *le Jour des Morts*, plein d'une mélancolie religieuse, révéla dans l'âme du jeune poëte une autre source d'inspiration, et fit voir que la sévérité du goût n'exclut pas cette heureuse originalité

qui naît toujours d'une émotion profonde.
Que de promesses de gloire dans un tel début!

Au milieu de cette douce préoccupation,
parmi les amusemens du monde et le bonheur de l'étude, M. de Fontanes, animé par
sa réputation naissante, et méditant un grand
poëme, avait à peine touché le terme de la
première jeunesse, quand l'approche de nos
troubles civils vint saisir tous les esprits,
changer et mêler toutes les routes, effacer
toutes les traces, et jeter chacun dans les
hasards d'une destinée nouvelle. Ces jeux de
la littérature et du théâtre, qui faisaient
depuis un siècle les principaux événemens
d'une société paisible, ces académies naguères si puissantes, ces réunions ingénieuses,
tous ces travaux d'une civilisation élégante
et oisive, tombèrent en un moment devant
le terrible intérêt d'une révolution com-
mencée.

A la vue de ce grand désastre social, dont
le progrès surprit et enveloppa ceux même
qui l'avaient préparé, dans ce mouvement
rapide qui emportait tant d'esprits impré-
voyans, M. de Fontanes se rangea du parti

de la royauté tempérée par les lois ; et il resta fidèle à la puissance opprimée, dans ces temps d'orage où le calcul et la peur trouvent plus sûr de la combattre que de la secourir : il consacra ses talens à défendre, dans une feuille publique, la justice, inséparable de la liberté, et le trône légitime, qui les garantissait l'une et l'autre. Associé quelque temps aux Clermont-Tonnerre et aux Lally-Tollendal, il poursuivit cette honorable tâche au milieu des périls et des violences de l'anarchie, et il ne s'éloigna de Paris qu'après avoir été témoin de ces crimes qui ne laissent plus au bon citoyen ni le courage de l'espérance ni l'utilité du sacrifice.

Mais il avait choisi pour retraite le lieu même qui devait être bientôt le plus affreux théâtre de la proscription et de la guerre civile, cette cité de Lyon, sur laquelle la tyrannie révolutionnaire épuisa son acharnement et la fureur de ses décrets. D'heureux liens de famille avaient fixé M. de Fontanes au milieu des désastres de cette ville, dont les infortunés habitans devinrent ses concitoyens. Après la victoire de la Convention, lorsque les horreurs du siége furent remplacées par les vengeances de la paix, lorsque le nom même de la malheureuse ville fut aboli et disparut dans la poudre de ses maisons incendiées, Lyon n'existant déjà plus que pour fournir des victimes, une plainte hardie s'éleva du milieu de ses ruines. Trois hommes, de l'aspect le plus simple et le plus grossier, parurent à la barre de la Convention, comme les envoyés de la cité proscrite : on redouta moins dans leur bouche l'éloquence du malheur et de l'humanité, on osa les entendre. L'un d'eux prend la parole ; et, dans son accent rude et vulgaire, le discours qu'il prononce, étonnant mélange de pathétique et de fierté, d'élévation et d'adresse, fait passer impunément sous les yeux de l'assemblée tout le spectacle de ses violences, la saisit d'un trouble involontaire, et l'épouvante elle-même des maux qu'elle a faits : on accueille la plainte ; on ordonne l'examen : un frémissement d'émotion s'est prolongé dans toute la séance. Les uns se rappellent en rougissant le paysan du

Danube reprochant au sénat la barbarie de ses préteurs ; d'autres cherchent déjà quel est le dangereux écrivain, le conspirateur secret, qui a surpris leur pitié en empruntant l'organe peu suspect de ces envoyés populaires : ce dangereux écrivain, Messieurs, ce conspirateur, c'était M. de Fontanes.

Retenu parmi les ruines de Lyon, il avait inspiré les pétitionnaires ; il avait écrit pour eux ce discours où son talent le trahissait : une nouvelle fuite et de nouveaux dangers furent le prix de cette généreuse imposture aisément découverte. La plainte des Lyonnais et l'émotion de l'assemblée passèrent bientôt ; mais l'humanité avait parlé, le crime avait senti sa honte, et le devoir du bon citoyen était rempli. On aime, Messieurs, à s'arrêter sur ce trait d'une honorable vie, et à montrer, par l'exemple d'un homme dévoué à la monarchie, que l'amour de l'ordre n'est pas une faiblesse d'âme, et qu'il se change en intrépidité contre une tyrannie sanguinaire.

Puni de ce courage par un arrêt de proscription, M. de Fontanes fut obligé de ca-

cher sa tête, jusqu'au moment où une première lueur de justice et d'humanité vint
ranimer la France. Il reparut alors; et comme
on cherchait parmi les ruines de la société à
relever quelque apparence d'ordre public,
comme la hache de la barbarie s'étoit arrê-
tée, et qu'enfin quelque chose d'honorable
pouvait être impuni, M. de Fontanes retrouva dans sa patrie les égards et l'inviolabilité qui sont dus au talent. On le choisit
pour remplir une chaire de littérature dans
les écoles qui venaient de se former. Il fut
admis dans l'Institut naissant; et l'éclat de
son mérite lui aurait ouvert dès-lors une
route facile sous le premier gouvernement
qui succédait à l'anarchie de la terreur. Mais
ce gouvernement tout empreint des vices
de son origine, ce directoire qui pesait sur
la France de tout le poids de sa faiblesse,
insultait trop à l'héritage de Louis XIV et
de Henri IV. M. de Fontanes n'hésita point
à le combattre.

La France offrait alors un des spectacles
les plus curieux dans l'histoire morale des
peuples. La lassitude du crime avait amené

des lois plus douces. Une sorte de trève avait suspendu les vengeances civiles : dans cet intervalle l'ordre social essayait de renaître. Les maux s'oubliaient rapidement ; on se hâtait d'espérer et de se confier au sol tremblant de la France. Une joie frivole et tumultueuse s'était emparée des âmes, comme par l'étonnement d'avoir survécu ; et l'on célébrait des fêtes sur les ruines. Ainsi dans les campagnes ravagées par le Vésuve, quand le torrent de flamme a détruit les ouvrages et les habitations des hommes, bientôt la sécurité succède au péril ; on se réunit, on se rapproche, et l'on bâtit de nouvelles demeures avec les laves refroidies du volcan.

Mais cette renaissance de la société en France manifestait en même temps, Messieurs, une grande et salutaire vérité, le retour de tous les sentimens généreux par la seule force de la conscience publique, la liberté servant elle-même à flétrir les crimes commis en son nom, un pouvoir illégal vaincu par les principes qu'il avait proclamés, et la patrie entière conspirant pour toutes les idées qui rappelaient la monarchie

légitime. Une coalition dans les assemblées
nationales soutenait cette cause favorisée
par le vœu public ; de nombreux écrivains
la secondaient de leur courage et de leurs
talens : et la France semblait, à mesure
qu'elle était rendue à elle-même, se rappro-
cher de ses rois et revendiquer à-la-fois leur
pouvoir et sa liberté. M. de Fontanes se distingua parmi les écrivains qui luttaient pour un
but si noble : avec eux, il fit retentir ces mots
de religion, de justice et d'humanité, qui
sont mortels à toute injuste puissance ; avec
eux il proclama le respect pour la vraie liberté,
les droits du malheur, la sainteté des tombeaux; avec eux il encourut la proscription ;
et, quand les déserts de Synamary furent la
réponse que le Directoire opposait aux députés de la France, quand les ministres de
la religion et les organes des lois furent
frappés ensemble, M. de Fontanes, proscrit
et dépouillé, subit un exil que partageaient
d'illustres citoyens, à côté desquels il a siégé
plus tard dans les conseils et dans l'Académic.

Une nouvelle révolution dans nos mobiles
destinées rouvrit aux victimes du Directoire

le chemin de leur patrie : M. de Fontanes se hâta d'y rentrer. Deux ans d'intervalle avaient changé la France. Un pouvoir oppresseur et méprisé s'était évanoui devant l'éclat d'une fortune nouvelle. L'insupportable horreur des derniers temps, la fatigue d'une si longue instabilité, l'ascendant de la force et la dangereuse popularité de la victoire, tout dans ce moment livrait la France au bras puissant assez hardi pour la saisir. Il semblait aux yeux éblouis de la foule qu'on allait commencer une époque de réparation et de repos, où la fidélité même ne perdait pas ses espérances. Les proscriptions avaient cessé. Les exilés de toutes les époques revoyaient leur patrie ; les bons citoyens étaient tranquilles, les temples étaient rouverts. Plusieurs actes d'une politique habile, quelque bien accompli, beaucoup d'illusions répandues, la dissimulation de Cromwell, et peut-être les promesses de Monke concouraient à séduire et à calmer la France.

C'est à cette époque mémorable que M. de Fontanes, sur lequel pesait encore une demi-proscription, fut tout-à-coup tiré de

la retraite, pour prononcer dans une solen-
nité publique l'éloge de Washington. Je ne
chercherai pas, Messieurs, si en célébrant la
mémoire de ce vainqueur désintéressé, de
ce général soumis aux lois, le consul am-
bitieux qui s'élevait alors en France n'avait
pas voulu s'envelopper d'une gloire étrangère
et couvrir ses desseins sous un faux enthousiasme pour des vertus modestes qu'il se pro-
mettait de ne pas imiter. Quelle que fût cette
pensée secrète, la mission de l'orateur était
belle ; et M. de Fontanes y porta toute son
éloquence et la dignité de son caractère.
Tandis que les plus odieux souvenirs étaient
encore puissans et armés, il ne craignit pas
de les flétrir , en rappelant avec une juste
indignation ces pompes barbares et récentes,
où *l'on prodiguait le mépris à de grandes
ruines , et la calomnie à des tombeaux.* Il
peignit avec force et simplicité la grande
âme de Washington, héros qui fut un sage.
Il parla dignement des nouveaux et immor-
tels trophées de la France ; mais il ne mé-
connut aucune autre gloire, ni sur-tout aucune
adversité. Dans ce discours, l'éloge même de

la puissance devenait un conseil de bien user de la fortune. C'était un nouveau langage dont la justesse et la dignité semblaient inspirer et marquer par les expressions mêmes ce retour salutaire à toutes les idées sociales, qui fit d'abord l'espoir et la sécurité de la France.

Une telle influence, Messieurs, ne sera pas contredite dans cette enceinte, et parmi les hommes qui savent combien les arts de l'esprit tiennent de près à la paix publique et à la prospérité des empires. De grands troubles civils, en agitant toutes les âmes, en créant des prodiges de crime et d'énergie, en forçant toutes les idées, en passionnant toutes les paroles, menacent la littérature d'une barbarie presque inévitable, surtout lorsqu'ils succèdent à une époque de civilisation avancée et de raffinement littéraire. D'heureux talens peuvent naître et briller encore sur ce terrain sillonné par l'orage; mais dans ces premiers momens, la langue se corrompt, le naturel semble vulgaire, la vérité trop faible. Émoussées par les émotions violentes, les âmes perdent cette sensibilité vive et délicate, qui fait le bon goût

2

dans les lettres ; et le génie n'a plus de règles ni de juges. Dans ce désordre, qui n'est pas l'originalité, quelle reconnaissance ne méritent pas les écrivains dont l'exemple rappelle les esprits vers cette élégance judicieuse et noble, inséparable de la civilisation d'un grand peuple !

M. de Fontanes, dans l'éloge de Washington, avait fait entendre une éloquence élevée sans effort, animée sans passions violentes, et toujours fidèle aux sentimens généreux par la double inspiration du goût et de l'honneur : à la même époque, il porta ce beau caractère de style dans quelques autres écrits d'une nature moins grave, mais qui servirent surtout à développer cette influence de raison et de justesse, dont le besoin succédait au désordre des lettres et de la société. Quelques morceaux de littérature, pleins de l'admiration des grands modèles, et qui semblaient écrits sous leur dictée, furent alors une instructive leçon pour l'art de la critique et le talent des écrivains. Ils obtinrent un succès populaire. Tant le goût et la vérité avaient presque le mérite d'une innovation piquante! Ce succès fut bientôt partagé. Les lettres ont eu depuis vingt ans une époque nouvelle dont la gloire est la vôtre, Messieurs. De grands ouvrages ont paru avec l'empreinte éclatante de l'imagination et de l'éloquence. Dans la philosophie morale, dans l'histoire, dans la tragédie, des palmes durables ont été moissonnées. La comédie, qui, grâce à l'un de vous, était restée classique, a mis à profit quelques vices de plus, et s'est élevée souvent jusqu'au naturel. La poésie descriptive a connu la brièveté; et Delille n'a pas épuisé les derniers trésors de l'élégance de l'harmonie. La science des lois et les grands spectacles de la nature ont trouvé d'éloquens interprètes. La critique, en jugeant les autres, s'est instruite elle-même, et vous a donné d'ingénieux et habiles écrivains. Enfin, Messieurs, un goût plus simple, une diction plus vraie, ont généralement animé la littérature.

Placé si haut dans le rang des orateurs et des poëtes, M. de Fontanes concourut à cet heureux retour. La sévérité de son goût était d'ailleurs sans intolérance, comme sans jalousie. Enthousiaste du génie littéraire, il aima le talent et le succès des autres. On le vit dès-lors s'empresser d'accueillir de grandes réputations naissantes, et mêler à d'ingénieux conseils des éloges donnés avec joie: on vit son amitié s'accroître par l'illustration de ses amis autant que par leurs périls, et jouir avec délices de leur gloire, en les défendant eux-mêmes avec courage. Noble caractère, véritablement formé pour les lettres, et rempli de cette générosité qu'elles inspirent ! je ne crains pas, Messieurs, de lui rendre cet hommage, au moment où je vais le montrer à vos yeux renonçant aux loisirs de l'indépendance littéraire, et jeté dans les engagemens du pouvoir et de la politique. Les lettres, qu'il honora, n'auront jamais à le désavouer.

La réputation de M. de Fontanes l'avait fait élire membre du Corps-législatif: il fut nommé président de cette assemblée, et dès-lors il se trouva placé dans une situation éminente et difficile, en présence du pouvoir qui régissait la France, et qui s'avançait d'un pas rapide à l'unité de l'empire et à la suprématie illimitée de la conquête.

Est-il besoin de rappeler, ou serait-il possible de taire quel était ce pouvoir? Que ce soit, Messieurs, un juste hommage à l'époque présente et à la sécurité du trône légitime, de caractériser librement devant un tel auditoire l'homme extraordinaire tombé de si haut. Telle est la profondeur immense de sa chute, qu'il est entré déjà dans la postérité, et qu'exposé du milieu de cette vie à l'impartialité de l'histoire, il encourt l'espèce d'affront d'être jugé sans faveur et sans haine par l'univers que sa gloire désastreuse a si longtemps agité.

Orateur du Corps-législatif, M. de Fontanes porta souvent la parole au milieu des triomphes du conquérant : son imagination avait été frappée de cette grandeur inattendue, dans l'ordre rapide où elle s'était successivement manifestée sous ses yeux. Des bords du Nil un homme avait reparu, déjà célèbre par de grands succès dans les combats, illustré même par les revers d'une expédition lointaine et merveilleuse, habile à tromper comme à vaincre, et jetant sur son retour fugitif tout l'éclat d'une heureuse témérité. Sa jeunesse et son audace semblaient lui donner l'avenir. Ce luxe militaire de l'Orient, qu'il ramenait à sa suite comme un trophée, ces drapeaux déchirés et vainqueurs, ces soldats qui avaient subjugué l'Italie et triomphé sur le Thabor et au pied des Pyramides, toute cette gloire de la France qu'il appelait sa gloire, répandait autour de son nom un prestige trop dangereux chez un peuple si confiant et si brave. Il avait rencontré, il avait saisi le plus heureux prétexte pour le pouvoir absolu, de longs désordres à réparer. Son ardente activité embrassait tout pour tout envahir. Génie corrupteur, il avait cependant rétabli les autels ; funeste génie, élevé par la guerre, et devant tomber par la guerre, il avait pénétré d'un coup-d'œil l'importance du rôle de législateur. Il s'en était rapidement emparé dans l'intervalle de deux victoires ; et dès-lors, au bruit des armes, il allait exhausser son despotisme sur les bases de la société qu'il avait raffermies. On n'apercevait encore que le retour de l'ordre et l'espérance de la paix. Les maux de l'ambition, l'onéreuse tyrannie d'une guerre éternelle, le mépris calculé du sang français, l'oppression de tous les droits publics, se développèrent plus lentement, comme de fatales conséquences, qu'enfermait l'usurpation, mais qu'elle n'avait pas d'abord annoncées.

Et cependant, Messieurs, quatre années s'écoulèrent à peine, qu'un grand crime vint souiller cette puissance nouvelle et marquer d'une tache ineffaçable le diadème qu'elle se hâtait de saisir. Ah! si de tyranniques entraves n'avaient pas pesé dès-lors sur les députés de la France, quelque voix se serait élevée sans doute pour accuser cet odieux attentat! L'homme qui avait osé le commettre n'hésita point à solliciter l'approbation d'une assemblée qu'il tenait asservie; et cherchant, pour ainsi dire, à étouffer dans une insolente publicité l'horreur du crime qu'il aurait voulu se cacher à lui-même, il en fit donner solennellement avis à la Chambre, parmi d'autres communications politiques.

En recevant cet étonnant message, M. de Fontanes, sur le seul point où la puissance coupable espérait une réponse, garda un silence sévère, image de la stupeur et de la consternation de la France; mais une de ces fraudes auxquelles la force même s'abaisse, quand elle est injuste, lui offrit bientôt l'occasion d'un désaveu plus expressif. Dans la publication légale d'un discours qui suivit de près le funeste événement, on altéra les paroles de l'orateur; on lui prêta une expression douteuse, qui pouvait paraître une lâche excuse. Peut-on oublier quelle fut alors l'ardente réclamation de M. de Fontanes, sa persévérance à faire rétablir les vraies paroles qu'il avait prononcées, et enfin, Messieurs, l'injurieux *errata* que fut obligée de subir cette orgueilleuse grandeur devant laquelle s'inclinait et se taisait l'Europe? Non, Messieurs, que par ce récit je prétende louer M. de Fontanes : il n'avait satisfait qu'au devoir exact de l'honnête homme; mais ce devoir rempli absout noblement beaucoup de louanges données en d'autres temps à l'éclat de la victoire, aux travaux commencés de la paix et à l'espérance du bien public.

Ces louanges même, vous le savez, furent toujours tempérées par de généreux conseils; et l'art de l'orateur semblait ennoblir jusqu'aux ménagemens qui servaient à rendre la vérité plus utile en la rendant plus tolérable au vainqueur. Les étonnans succès d'une fortune qui croissait en prodiges comme en injustices, les impérieuses défiances d'un pouvoir qui croissait en tyrannie, n'altérèrent pas cette dignité de la parole : et, lorsque la conquête enveloppait chaque année de nouveaux états; lorsque la fortune de la guerre partageait les trônes aux lieutenans du nouveau César; lorsque l'Europe voyait avec effroi s'avancer sur elle cette dictature heureusement impossible, puisqu'elle s'est brisée dans la main d'un si hardi capitaine, appuyé sur une si grande nation; alors, Messieurs, M. de Fontanes ramenait avec plus de persuasion et de force les idées de modération et de justice; alors il plaignait les grandeurs déchues, les dynasties dépouillées : et ses éloquentes paroles devenaient, par leur générosité seule, une censure de l'orgueilleux abus de la victoire. Quand, du milieu de ces palais où Louis XIV, vainqueur aussi, avait fait admirer à l'Europe sa magnanime politesse, un homme, trop enivré du succès pour bien sentir la gloire, outrageant la majesté du trône, de l'infortune et de la beauté, calomniait la reine de Prusse par de lâches injures dont s'indignait la France, M. de Fontanes, interprète du sentiment public, devant l'orgueil de l'usurpation et de la conquête, releva les images abattues de la royauté malheureuse, et rendit un éclatant honneur à ces droits antiques et sacrés, qui ne dépendent pas d'une journée militaire et ne peuvent être abolis par la victoire.

En gardant ce juste respect aux rois vaincus par nos armes, M. de Fontanes, dans plusieurs occasions, ne défendit pas avec moins de noblesse la dignité du Corps-législatif, dont chaque triomphe nouveau resserrait aussi les chaînes. Je parle de la dignité, Messieurs; car, depuis longtemps, la liberté n'était plus. La jalousie du pouvoir s'augmentant chaque jour, elle en vint jusqu'à contester au Corps-législatif le titre qu'il

portait, et à déclarer que les députés de la
France, sans mission et sans droit, n'occu-
paient que le quatrième rang dans les conseils du souvérain. La réponse de M. de Fontanes est remarquable, Messieurs, et ne sera
pas oubliée par l'histoire. Après l'avoir pro-
noncée, il ne garda pas longtemps le privilége de parler au nom des représentans de
la nation; mais du moins il n'avait pas laissé
avilir dans ses mains le faible et dernier
simulacre de ces libertés publiques qui,
plus tard, ranimées par l'excès de nos malheurs, devaient, dans la même assemblée,
retrouver des voix généreuses pour avertir
le despotisme de ses dernières fautes et
commencer le salut de la France.

M. de Fontanes, dont le rare talent ins-
pirait de l'estime lors même qu'il pouvait
déplaire, avait été appelé à la direction su-
prême de l'enseignement par un pouvoir
qui savait habilement employer des hommes
honorables dans l'intérêt de sa grandeur.
Je ne serai démenti par personne, en di-
sant, Messieurs, que ce choix parut alors à
tous les pères de famille un heureux événe-

ment. M. de Fontanes avait une tâche consolante et laborieuse, beaucoup de mal à prévenir, beaucoup de mal à réparer. Que d'ordres rigoureux n'a-t-il pas adoucis! quelle autorité salutaire n'a-t-il pas exercée! Cette unité despotique qui enlevait les enfans à leurs familles, cet envahissement des esprits par l'éducation, furent heureusement corrigés sous la main prudente et paternelle de M. de Fontanes.

L'Université naissante reçut dans ses premières dignités académiques une réunion d'hommes distingués, dont la plupart, Messieurs, appartiennent à vos rangs. M. de Fontanes ne fit ou ne désigna que des choix estimables; il en arracha quelques-uns : le dernier chef de l'école religieuse qu'illustra Fénélon, fut appelé dans le conseil de l'Université; il y retrouva le peintre élégant et fidèle de Fénélon, et l'éloquent auteur de l'*Essai sur le Divorce*. Des noms éminens dans les sciences naturelles et mathématiques, des hommes distingués par la connaissance des lois, des écrivains célèbres, y représentaient toutes les parties de l'enseignement.

A la même époque commencèrent, sous l'inspiration de M. de Fontanes, ces cours publics si favorables à la jeunesse, et où les sciences, la philosophie, l'érudition classique se glorifient d'avoir de dignes interprètes et de studieux élèves. De nouvelles chaires furent fondées; M. de Fontanes y nomma Delille et le brillant historien du dix-huitième siècle. Attentif à recueillir les sages traditions des anciennes écoles, il remit aux mains de l'expérience, et il surveilla lui-même cette école Normale, d'où sont sortis tant de jeunes talens et de maîtres habiles, espoir de l'enseignement public.

Enfin, Messieurs, des hommes qu'une honorable opposition éloignait de toutes les carrières, des talens persécutés ou méconnus, trouvèrent dans l'Université ce qu'elle doit toujours offrir, la considération et l'indépendance. De vénérables ecclésiastiques furent protégés, défendus. L'Université devint un lieu d'asile : c'était le mouvement de cœur de M. de Fontanes. Les Lettres, le malheur étaient sacrés pour lui. Il aimait le mérite ; l'espérance même du plus faible talent lui était précieuse ; et si quelque jeune homme n'avait encore en sa faveur que l'amour de l'étude, vous pouvez m'en croire, Messieurs, il lui tendait la main, il lui donnait du courage et de l'appui. Mille exemples ont attesté cette généreuse influence : et, je ne crains pas de le dire, pendant cinq ans l'administration de M. de Fontanes fut un bienfait public pour la religion, pour la morale, pour les lettres et pour la jeunesse.

Renfermé dans ses grandes et paisibles fonctions, M. de Fontanes, sans participer aux événemens politiques, vit s'accomplir la révolution bienfaisante qui brisait le joug appesanti de la France et lui rendait enfin ses rois et sa liberté ; il partagea le vœu de la patrie. Combien cet esprit éclairé, cette imagination amie des traditions et des souvenirs, devait revoir avec enthousiasme les fils de Louis XIV et de Henri IV, éprouvés par tant d'infortunes, et rapportant sur le trône toutes les vertus du malheur !

Vainement la Providence sembla-t-elle se démentir et permettre au monde de douter de sa justice ; vainement le génie de la guerre,

tout-à-coup ranimé, traversa-t il le sol at-
tristé de la France, pour disparaître, en
laissant après lui les longs désastres de son
retour d'un moment : M. de Fontanes resta
fidèle à la cause qu'il avait embrassée. Il vit
dans la royauté légitime, affermie malgré
tant d'orages, la sauve-garde de tout ce qu'il
aimait, la paix, la morale, les arts. Il avait
cessé, dès la première époque de la restauration, d'occuper à la tête de l'enseignement
public cette grande place, à laquelle il man-
quera longtemps, et où il avait fait le bien
que dans les mêmes circonstances aucun
autre n'aurait pu faire : il n'avait plus l'occasion de parler à la jeunesse ce noble langage toujours si puissant sur elle ; mais dans
la Chambre des Pairs, et dans vos séances,
il fit plus d'une fois entendre les sentimens
qu'il avait dans le cœur pour la monarchie
et pour la France. On n'a point oublié le
jour où, recevant parmi vous le défenseur
de Louis XVI, il lui décerna ce juste et éloquent éloge auquel la postérité pourra seule
ajouter quelque chose.

La raison élevée de M. de Fontanes, non

moins que sa loyauté, lui montrait dans l'inviolabilité du trône légitime la condition de l'ordre social en Europe : il pensait qu'après les violentes et profondes secousses qui avaient ébranlé tous les états, dans cette vieillesse des sociétés qui se confond avec leurs progrès, à ces époques où le monde inondé de systèmes et de soldats se débat entre deux puissances inégales, la spéculation et la force, il n'y avait de barrière contre les ravages de la force, et de sûreté pour la civilisation, que dans la reconnaissance d'un droit antérieur, qui servît à fixer, à consacrer les formes nouvelles de l'ordre politique, et fût la sanction de la liberté comme la source du pouvoir.

Tel est, Messieurs, l'immortel bienfait de la Charte. Tel est l'ouvrage accompli par le Roi, par ce monarque fondateur qui paraîtra dans l'avenir tout ensemble l'auguste héritier et le chef nouveau de sa dynastie, juge impartial des temps et des hommes, dont la haute modération est une supériorité de lumières autant qu'une vertu de cœur, et qui, du milieu de cette sphère de grandeur où il est placé, jette un regard vigilant sur la France agitée sans péril dans le cercle régulier de la loi. Persécuté par la fortune comme Henri IV, il a montré la majesté dans le malheur, la sagesse dans le pouvoir, et l'amitié sur le trône. Protecteur des arts comme Louis XIV, il fait plus que les protéger, il les cultive, il les éclaire, et son règne leur ouvre une époque de paix et d'indépendance où la dignité morale des institutions doit élever le talent, où la tribune doit inspirer les lettres, où l'éloquence doit s'agrandir par la défense du trône et de la liberté publique. Quelle gloire pour un souverain, Messieurs, après des révolutions si funestes et si longues, de préparer ce second avenir d'un grand peuple, de fonder, d'unir à jamais par les libertés et les lois cette société que l'anarchie avait détruite, que le despotisme avait rebâtie, et non pas ranimée, et de la transmettre chaque jour plus puissante et plus heureuse à sa dynastie révérée, à cette dynastie vivante sous nos yeux dans d'illustres héritiers, et immortalisée sous les coups même de la mort par un auguste enfant!

Nul Français ne ressentit avec plus d'émotion que M. de Fontanes ce grand événement ; il y voyait la monarchie. Toutes les opinions politiques de M. de Fontanes, ainsi que son talent, étaient empreintes de la douce influence des lettres et se liaient aux souvenirs de leur plus illustre époque. Il aimait la royauté comme l'antique protectrice, comme la noble amie des arts et du génie français. Il aimait son pays comme une terre de gloire, patrie naturelle de tous les talens, fertile en guerriers, en grands hommes, donnant à l'Europe sa langue, ses lois et ses mœurs, quelquefois heureuse avec imprudence, malheureuse avec dignité, et, dans toutes les fortunes, puissante par l'illustration de tant de souvenirs, parmi lesquels il retrouvait cette splendeur des lettres qui lui était si chère.

Une injuste censure avait quelquefois accusé M. de Fontanes de négliger sa première gloire, parce qu'on voyait rarement sortir de sa plume des productions toujours désirées ; et cependant, à toutes les époques de sa plus haute fortune, d'heureux vers lui étaient échappés. Cette publicité, qu'il semblait craindre, il l'avait bravée pour défendre le talent d'un illustre ami contre les rigueurs de la critique et l'inimitié du pouvoir ; et l'on avait aussitôt reconnu les accens doux et purs de cette voix que l'on se plaignait de ne plus entendre. Nul talent n'eut, en effet, un caractère à-la-fois plus classique et plus personnel à l'auteur. M. de Fontanes avait porté l'élégance jusqu'au point où elle devient une création littéraire. Un petit nombre d'écrits marqués de cette empreinte heureuse et rare suffisaient à sa renommée. Il intéressait par son style, par cette poésie naturelle avec art, correcte avec nouveauté, qui reproduisait la ressemblance, et non pas l'imitation des modèles. Dans son éloquence, dont les formes faciles et pures annonçaient une langue si polie, il avait mêlé quelque chose de poétique et d'élevé, qui rappelait les grands orateurs sacrés du dix-septième siècle. Ses vers, d'un tour noble, harmonieux, concis, se portaient naturellement sur les pensées religieuses ; ils en recevaient l'inspiration. Majestueuse et rapide dans l'épître où il a célébré l'éloquence des *Livres saints*, cette inspiration est attendrissante et naïve dans le poëme de *la Chartreuse*; une tristesse pleine de douceur et de poésie anime cette espèce d'élégie : la mélodie des paroles s'y confond avec l'émotion de l'âme; et l'on croit entendre au loin quelques sons à peine affaiblis de la lyre de Racine.

M. de Fontanes travaillait avec soin ses beaux vers; un goût difficile l'a ramené sur plusieurs ouvrages de sa jeunesse, qu'il a refaits et embellis. Souvent il se plaisait à lutter contre les poëtes de l'antiquité; et ses fragmens de traduction sont des chefs-d'œuvre dont il n'a pas toujours réclamé la gloire. Combien ne devait-on pas espérer que ses loisirs produiraient encore d'heureux fruits pour les lettres ! il avait lu dans vos séances des odes dont l'élévation et l'harmonie rappellent l'école de Rousseau. On savait qu'il avait souvent repris avec ardeur l'entreprise d'un poëme sur la Grèce délivrée ; sujet d'un favorable augure pour les amis de la gloire et des arts. Plusieurs chants

étaient achevés avec cette perfection de dé-
tails qu'il ne séparait pas de l'imagination
poétique.

Il était plus que jamais préoccupé par la
passion de l'étude et par la verve du talent.
Cette impression répandait sur ses entre-
tiens et dans tous les traits de son caractère, un charme d'enthousiasme, de naturel
et de bonté, qui lui était particulier. On
voyait de toutes parts en lui l'homme supé-
rieur et l'excellent homme. On voyait une
âme dont tous les sentimens étaient généreux et rapides comme les instincts mêmes
du talent. Jamais on ne réunit à plus de viva-
cité une tolérance plus aimable. Personne
ne concevait mieux toutes les opinions dé-
sintéréssées et sincères. Personne n'appré-
ciait davantage la fidélité à d'autres amitiés
que la sienne. Mais surtout quelle grâce et
quel feu dans ses discours, lorsqu'il parlait
des grands modèles de notre admirable littérature ! quel sentiment délicat ! quelles ingénieuses applications de leurs beautés !
quelle mémoire éloquente !

Pardonnez, Messieurs, ce langage ; il n'y

a pas longtemps que la voix de M. de Fontanes était encore tout animée de cette chaleur et de cet enthousiasme. Même après la première atteinte d'un mal funeste, ses amis l'ont vu libre d'inquiétudes, rendu tout entier à la vie, revenant à ses souvenirs de littérature et d'éloquence ; et l'âme ardente, attentive, récitant quelques vers de nos grands poëtes, dont son imagination était sans cesse entretenue. Il allait publier un de ses premiers ouvrages qu'il avait revu avec tout l'effort et toute l'expérience du talent, et qui devait soutenir une honorable rivalité. Son imagination était tout occupée de ces heureuses et paisibles idées qu'inspirent les lettres. Hélas ! l'ouvrage qu'il venait d'achever devait paraître trop tard pour lui-même ; et cet heureux retour vers les poétiques inspirations de sa jeunesse avait été son dernier adieu à la vie. Une entière sécurité de quelques heures fut suivie d'un danger sans espérance ; et, au milieu des promesses divines de la religion, ses dernières pensées, obscurcies des ombres de la mort, n'eurent que peu de temps pour s'arrêter sur la douleur de sa respectable épouse, et de sa fille qu'il léguait, en mourant, à l'auguste intérêt du roi.

Perte cruelle pour l'amitié, pour les lettres, et surtout pour ceux à qui M. de Fontanes accordait cette estime invariable et cette active bonté que rien ne remplace dans la vie ! Puissent du moins les regrets publics s'attacher longtemps à une si honorable mémoire, et récompenser ainsi ce beau caractère dont toutes les vertus étaient des mouvemens de cœur, et ce beau talent que l'on doit admirer comme un modèle de goût et d'élévation, ou plutôt qu'il faut pleurer maintenant, puisqu'il était l'expression et la vive image de celui que nous avons perdu, de cette âme si bienveillante, si généreuse, si supérieure à l'envie, et si naturellement passionnée pour tout ce qu'il y a de grand et de bon sur la terre.

RÉPONSE

De M. ROGER, *directeur de l'Académie Française, au Discours prononcé par* M. VILLEMAIN.

Mᴏɴsɪᴇᴜʀ,

Oɴ se défie ordinairement des panégyriques, et le talent qu'on y voit briller ne paraît pas toujours un gage de la vérité des faits et de la conviction de l'orateur ; mais vous n'avez rien de semblable à craindre. Aucun de nous, aucun de vos auditeurs ne sera tenté d'accuser aujourd'hui d'exagération, ou de feinte, ni les louanges éloquentes que vous venez de donner à l'académicien que nous pleurons, ni la touchante expression de votre douleur personnelle. Elle est naturelle et vraie, cette douleur ; elle part d'une âme profondément pénétrée, et tous ceux qui viennent de vous entendre penseront avec moi que l'homme qui regrette ainsi son prédécesseur, prouve assez que son plus vif désir eût été de ne lui succéder jamais.

Je puis même, Monsieur, vous rendre cette première justice; l'idée de succéder à M. de Fontanes vous inspira d'abord une sorte de pieuse répugnance, et votre cœur éprouvait presque de l'effroi à voir sortir pour vous quelque chose qui ressemblât au bonheur et à la gloire, de cette tombe où venaient d'être renfermés les restes du patron de votre jeunesse, de l'éternel objet de vos souvenirs et de vos regrets.

C'est, je l'avoue, Monsieur, ce scrupule filial qui, plus peut-être que tout votre talent, vous a d'abord conquis une partie de nos suffrages; c'est la franchise de vos larmes, ce sont les vœux de l'illustre mort attestés et transmis à plusieurs d'entre nous par l'honorable et désolée compagne de sa vie, qui ont rendu votre nomination si facile; en sorte que l'on peut dire que c'est la dernière élection à laquelle a contribué M. de Fontanes; que son suffrage testamentaire s'est joint aux nôtres en votre faveur, et que c'est presque lui qui vous a nommé.

Ah! si dans le séjour du bonheur, où sa vie, où sa mort toute chrétienne l'ont sans doute fait monter, il pouvait encore être sensible aux triomphes de la gloire humaine, combien ne serait-il pas touché de l'hommage que vous venez de lui rendre! Vivant, il vous a aimé comme un père ; mort, vous l'avez loué en fils reconnaissant, et avec une effusion de sentimens qui semble ne laisser plus rien à dire à quiconque voudrait le louer après vous.

Qu'il me soit permis pourtant, à moi qui fus constamment l'objet de sa bienveillance toute particulière, à moi qui, soit dans le corps politique qu'il a si noblement présidé, soit dans le corps enseignant qu'il a dirigé, ne l'ai presque pas quitté pendant quinze années ; qu'il me soit permis d'ajouter quelques traits à l'éloge d'un illustre ami, dont la vie semble s'être partagée entre la gloire de bien faire et la gloire de bien dire.

Vous avez, Monsieur, trop bien apprécié les écrits de M. de Fontanes pour que je m'étende beaucoup sur cette partie de sa renommée. Ils sont d'ailleurs connus de toute l'Europe littéraire. Le poëte et l'orateur y puiseront incessamment tous les secrets de l'art d'écrire. L'un y étudiera cette coupe de vers harmonieuse et savante, et ce mélange devenu si rare de la poésie d'images et de la poésie de sentimens ; l'autre, cette noble élégance, cet heureux choix de formes et d'expressions oratoires, cette variété de tons et de mouvemens, cet intérêt de style dont le secret, si connu des écrivains de notre grand siècle, paraissait presque perdu, et qui distingua les premières productions de votre prédécesseur ; car, grâce aux dons de la nature perfectionnés par une éducation forte, ses essais en prose, ainsi qu'en vers, semblèrent les ouvrages d'un maître : il se montra un écrivain classique, presque en sortant des études.

Quoique divers genres de mérite brillent dans le style de M. de Fontanes, on peut dire pourtant que son principal caractère est la dignité. Oui, c'est la dignité qui domine dans ses écrits, comme dans sa vie, et jamais le mot si connu de Buffon ne fut susceptible d'une plus juste application. Cette dignité n'est point la pédanterie ; elle est encore moins l'orgueil : elle est la compagne assidue de l'aménité, de la simplicité et de la grâce. C'est un sentiment délicat de toutes les bienséances ; c'est le *quod decet* des Latins ; c'est le bon goût chez les Français.

Cette qualité dominante du style et du caractère de M. de Fontanes le rendait particulièrement propre à traiter les sujets élevés, les matières difficiles. Aussi voyons-nous à quelle hauteur il s'est maintenu toutes les fois qu'il a eu à parler, ou des sublimes vérités de la morale chrétienne, ou des devoirs de la politique, ou des destinées de la France. Plus les circonstances étaient graves et embarrassantes, moins il paraissait gêné dans son langage ; l'obstacle même semblait doubler sa force. Ni sa proscription de 93, ni celle de vendémiaire n'avaient pu étonner son courage ou étouffer sa pensée ; et, quand le club de Salm sonne le tocsin de fructidor, échappé, par un exil de son choix, aux déserts de Synamary, M. de Fontanes plaide encore, du fond de sa retraite, la cause du malheur et de la vertu, avec autant de chaleur et de pathétique qu'il avait naguères proclamé le respect des morts et l'inviolabilité de la tombe.

Cependant un homme vient qui, renversant tous les tyrans subalternes dont l'abjection fatiguait la France, et s'emparant, moitié par ruse, moitié par violence, de l'héritage sanglant de la révolution, se dit : Je veux régner. Il se le dit, et il règne. Aussitôt la révolution pâlit d'effroi. Nos maux les plus cruels sont d'abord soulagés ; nos alarmes les plus vives s'éloignent par degré ; nous nous étonnons de vivre, pour la première fois depuis dix ans, avec quelque sentiment de sécurité. Les familles sont délivrées de la loi des otages, digne sœur de la loi des suspects ; les déserts de Synamary nous rendent le trop faible reste des proscrits jetés sur cette terre dévorante. La reconnaissance et l'espoir ne devaient-ils pas pénétrer alors dans les cœurs toujours généreux et souvent crédules des royalistes ? Une circonstance redouble cet espoir : M. de Fontanes est appelé à faire l'éloge funèbre de Washington. M. de Fontanes ! un proscrit !

un zélé partisan des Bourbons! Eh! que célèbre-t-il davantage dans ce chef-d'œuvre de goût et d'éloquence? sont-ce les talens guerrier du héros américain? Non : mais sa modération et son bon sens. Modération! bon sens! quelle était donc la pensée secrète du panégyriste, en faisant l'éloge de pareilles vertus? était-ce une leçon de magnanimité qu'il voulait faire entendre? Mais ce qui sembla le plus autoriser des conjectures favorables à d'augustes infortunes, ce fut ce passage du panégyrique, où l'orateur retraçait à notre souvenir l'angélique bonté de Marie-Antoinette, comme s'il eût voulu, par là, préparer doucement nos cœurs à revoir un jour l'héritière de ses vertus héroïques.

Hélas! si M. de Fontanes partagea lui-même un moment ces illusions, combien il devait être un jour cruellement désabusé! Il crut néanmoins de bonne foi, et pendant longtemps, que l'homme pour qui la gloire militaire avait tant d'attraits, pourrait bien n'être pas insensible à une gloire plus vraie et plus solide; que son propre intérêt lui pourrait suggérer, sinon de généreux sacrifices, au moins des idées d'ordre et de décence publique dont la patrie avait tant besoin ; qu'il serait même possible de les faire naître et se développer par des conseils mêlés de louanges habiles ; et que, si la France ne recouvrait point d'abord son Roi par les mains d'un capitaine illustre, elle pouvait du moins lui devoir le retour des principes monarchiques , sans lesquels le retour du Monarque lui-même devenait désormais impossible ; car les restaurations ne sont pas seulement l'ouvrage des hommes ; elles doivent être surtout l'œuvre des doctrines , et ce serait bâtir sur le sable que de vouloir relever l'édifice du pouvoir légitime sur le terrain mouvant des idées révolutionnaires.

Le plus grave des historiens, selon l'expression de Bossuet, Tacite , ne blâme point Agricola d'avoir cherché, par amour du bien public, à captiver l'esprit de l'empereur (et cet empereur était Domitien !). Il l'en remercie au contraire ; il le félicite de ne s'être point précipité vers une mort certaine et sans fruit, par une opiniâtreté inflexible et une vaine jactance de liberté.

Qui aurait le droit d'être plus sévère que Tacite? Ne soyons donc point surpris que, quand même l'imagination de M. deFontanes n'aurait pas dû naturellement être frappée par le spectacle d'un homme si extraordinaire et d'événemens si merveilleux, il se soit laissé facilement séduire par l'espérance d'être le conseiller de cet homme, et de le pousser à l'anéantissement de la révolution, seule espérance qui ne fût pas alors sans fondement.

Admis dans la confiance de celui qui pouvait tout, quelle fut alors la conduite politique de M. de Fontanes? il avait conservé la dignité de son caractère et de son talent dans les temps de licence; il la conserva sans tache dans les temps de servitude.

Ici les faits parlent; mais j'éprouve l'embarras du choix.

Quel langage nouveau se fait entendre tout-à-coup du haut de cette tribune d'où étaient partis si longtemps, pour infecter le monde, tant de blasphèmes odieux, tant de criminelles folies! Au lieu même où, naguères, la raison de 93 insultait au Dieu des

chrétiens, quel est cet orateur qui ose pro-
clamer que « Toutes les pensées irréligieuses
sont des pensées impolitiques, et que tout
attentat contre le christianisme est un attentat contre la société ? (1) »

Quand les ministres d'un conquérant viennent, en demandant de nouveaux impôts,
vanter au Corps-législatif les victoires de leur
maître, quel est ce sage qui leur répond :
« Quelle que soit au dehors la renommée
de nos armes, le Corps-législatif craindrait
de s'en féliciter, si la prospérité intérieure
n'en était pas la suite : notre premier vœu
est pour le peuple, et nous devons lui sou-
haiter le bonheur avant la gloire (2). »

Enfin, lorsque, après avoir chassé du
trône une royale maison, pour y essayer un
Roi de sa famille, le vainqueur envoie au
Corps-législatif les drapeaux conquis ; lorsqu'il fait retentir autour de ces trophées qu'il
attriste les plus violentes injures contre la
dynastie vaincue et principalement contre

______

(1) 1er décembre 1804.
(2) 5 mars 1806.

une reine infortunée, quelle généreuse voix s'écrie : « Malheur à moi si je foulais aux pieds la grandeur abattue, et si, sur le berceau d'une dynastie nouvelle, je venais insulter aux derniers momens des dynasties mourantes ! Je respecte la majesté royale jusques dans ses humiliations, et, même quand elle n'est plus, je trouve je ne sais quoi de vénérable dans ses débris (1). »

Quel autre, en présence de la prospérité la plus insolente qui fût jamais, quel autre eût osé être juste avec tant de courage ? Mais ce qui recommande bien plus hautement encore ces mémorables paroles à l'admiration de l'histoire, c'est que cette maison royale, insultée par un soldat et protégée par un orateur, portait le nom de Bourbon, et que cette reine si impitoyablement outragée était l'auguste aïeule de notre nouvelle Jeanne d'Albret.

Ah ! quand le cœur de M. de Fontanes n'aurait pas été constamment le foyer de tous les sentimens généreux, quels nobles élans

---

(1) 11 mai 1806.

n'y eût pas fait naître le seul nom des Bourbons! Les Bourbons! tout cé qui les lui rappelait lui était cher; tout ce qui les avait
servis, tout ce qu'ils avaient aimé lui était
sacré. Ce fut parmi leurs plus ardens servi-
teurs qu'il se choisit ses plus intimes amis.

A leur tête, il est juste de placer ce preux
citoyen, cet orateur chevalier, amant pas-
sionné de toutes les vraies gloires, doué de
la raison la plus haute et de l'imagination la
plus vive, zélé défenseur de nos libertés, et
dont la plume a gagné vingt batailles à la
monarchie; génie heureux et brillant, qui,
jeune encore et du milieu même de l'athéisme
des lois et des mœurs, ralluma dans les cœurs
le christianisme éteint, et opéra dans les
esprits une sorte de première restauration, par le charme entraînant et, si j'ose
ainsi m'exprimer, par la nouveauté de son
éloquence.

Jamais deux hommes ne furent liés par
une plus honorable conformité de sentimens,
et jamais cette liaison ne fut plus étroite
que lorsqu'elle pouvait être plus dangereuse
pour l'un et l'autre.

Tous deux en faisaient gloire ; tous deux y puisèrent des inspirations éloquentes. Qui me démentira, si je dis que les admirables stances qu'adressa M. de Fontanes au chantre persécuté d'Atala et de Cymodocée ne le cèdent en rien à ce que la muse de l'amitié inspira de plus gracieux et de plus touchant à Ovide parlant de Tibulle, à Horace écrivant à Virgile ?

Cette amitié de deux royalistes, cette intimité de deux hommes d'une si grande renommée, ne pouvait manquer de faire ombrage.

Les sentimens secrets de M. de Fontanes se trahissaient souvent. Plusieurs réponses hardies avaient averti déjà que, s'il avait été séduit dans les premiers temps, il commençait à ne plus l'être, et que s'il avait cru pouvoir (comme il le disait familièrement lui-même) céder sans danger quelques avant-postes, il était bien décidé à défendre le corps de la place. « Pensez-vous toujours à *votre* duc d'Enghien (lui dit un jour son meurtrier)? — Mais il me semble, répondit-il, que l'empereur y pense autant que moi. »

» — Faible politique que vous êtes (lui dit-il une autre fois, à propos du même crime , lisez cette note diplomatique et voyez si le cabinet qui me l'envoie juge ma conduite aussi sévèrement que vous. » M. de Fontanes lit la note et répond : « Cela ne prouve rien, sinon qu'on croit dans ce cabinet que vous serez avant peu le conquérant et le souverain du pays. »

Un jour (c'était en 1804), le bruit courut que monseigneur le duc de Berry était caché dans Paris et que l'autorité le faisait chercher. « Ah ! s'écria M. de Fontanes , sans songer au danger de son exclamation, que ne vient-il chez moi ! je le couvrirais de mon corps. »

M. de Fontanes avait provoqué la restauration des tombes royales de Saint-Denis , qu'il a depuis célébrée en si beaux vers. Il osa plus : il conseilla des autels expiatoires. Celui qui occupait le trône de Louis XVI , recula devant la crainte de donner de l'humeur aux assassins ; et cette crainte dont il rougissait, il ne pardonna pas à M. de Fontanes de l'avoir devinée.

L'orage grondait sur la tête du président. Il ne tarda pas à éclater. Un discours de clôture, où il repoussa avec une courageuse dignité un Bulletin impérial, insolent pour le Corps-législatif et injurieux pour toute la nation, décida son éloignement.

Alors, disparut du sein de cette assemblée jusqu'au dernier fantôme de liberté. Une seule voix avait pu s'y faire entendre ; mais aussi quelle voix ! et quand elle se tut, quel silence !

Cependant, près de deux ans avant sa disgrâce, M. de Fontanes avait été appelé à une autre dignité, celle de grand-maître de l'Université de France ; mais celle-ci, l'homme qui osait tout, n'osa pas la lui ôter, tant l'opinion publique, qui avait précédé et déterminé son choix, semblait l'avoir consacré d'une manière irrévocable. Par quel prodige, en effet, M. de Fontanes avait-il, en si peu de temps, rappelé aux études sérieuses, à la discipline, aux sentimens religieux, une jeunesse alors sans principes, sans frein et presque sans maîtres ? Que de résistances à combattre ! que de difficultés à vaincre ! mais l'écueil où tout autre que lui aurait échoué, c'était le caractère du chef du gouvernement, de cet homme inconséquent et fantasque, qui concevait de vastes desseins et n'osait se servir des élémens nécessaires à leur exécution ; qui sentait la nécessité de la religion et se défiait de ses ministres ; qui voulait un enseignement public et redoutait un corps enseignant ; qui, de toutes les sciences qu'il affectait de protéger, n'estimait pour lui que la science du pouvoir, et dans les autres, que celle de l'obéissance ; qui, enfin, ouvrait de toutes parts des maisons d'éducation pour y former, non des hommes et des citoyens, mais des esclaves et des soldats.

Vous le savez, monsieur, vous que notre grand-maître accueillit dans l'Université naissante, pour en être un des plus beaux ornemens, vous savez tout le bien qu'il y fit sous la domination d'un despote !...... Que n'y eût-il pas fait sous le règne d'un Bourbon ?

M. de Fontanes ne conserva les rênes de l'Université que dix mois après la première restauration. Dans sa retraite, il n'éprouva qu'un regret., c'est de n'avoir pu achever son ouvrage. Il revint sans murmurer, et même avec bonheur, à ces doux loisirs littéraires dont le goût toujours si vif, dont le charme toujours si puissant vivifiaient, embellissaient sa solitude, comme ils avaient souvent rempli le vide des places et des dignités.

Mais tout-à-coup la plus affreuse calamité frappa la France. L'homme fatal reparut ! On se rappelle avec quel empressement il rechercha, dès le jour de son arrivée, tous ceux en qui des intérêts froissés lui faisaient supposer quelque retour secret vers son autorité. Il n'oublia pas le grand-maître de l'Université : il n'en obtint que des refus.

La joie qu'éprouva M. de Fontanes au retour du Roi fut aussi vive que sa douleur avait été profonde ; non qu'il songeât à voir sa noble conduite récompensée par de nouveaux honneurs ou par de grands emplois ; il aimait nos Bourbons pour eux-mêmes : il trouvait dans le bonheur de les servir le prix le plus doux de ses services. Sans ambition, sans faste, plein de franchise dans le cœur, d'élévation dans l'esprit, de simplicité dans les manières, facile, obligeant, affectueux, aimant la jeunesse, adorant le talent, d'une générosité peu commune, d'une bonté constante et d'une foi sincère, tel fut M. de Fontanes, tel fut l'homme dont la monarchie, les muses et l'amitié doivent également déplorer la perte.

Perte immense ! perte irréparable pour cette Académie ! oui ; malgré vos titres littéraires, monsieur, malgré le talent dont vous venez de donner de nouvelles preuves, vous nous pardonnerez de répéter, vous répéterez avec nous : perte vraiment irréparable !

Toutefois, si M. de Fontanes est un de ces hommes supérieurs auxquels on succède sans prétendre à les remplacer, nous lui avons du moins donné pour successeur l'écrivain qui pouvait le mieux peut-être célébrer sa mémoire, celui que nous avons cru le plus propre à nous consoler de l'avoir perdu ; et c'est un grand adoucissement à nos regrets de retrouver en vous, monsieur, plusieurs des qualités brillantes que nous admirions en lui.

Comme lui, en effet, vous avez de bonne heure nourri votre esprit et fécondé votre imagination par la lecture assidue des anciens. Vous étiez érudit dès le collége. Aussi M. de Fontanes, qui vous avait confié à vingt ans une chaire de rhétorique, où vous aviez des élèves à-peu-près de votre âge, ne tarda-t-il pas à vous nommer professeur à l'École Normale et à la Faculté où vos élèves étaient plus âgés que vous. Cette étendue de savoir dans l'âge de l'inexpérience, cette maturité de raison et de goût dans la saison de l'étourderie et de l'imagination, étonnaient et charmaient le Grànd-Maître, comme s'il eût oublié qu'il en avait lui-même autrefois donné l'exemple.

Quelle fut sa joie presque paternelle, lorsque l'Académie vous décerna le prix d'éloquence pour votre *Éloge de Montaigne*! prix glorieux en effet pour vous, monsieur, car le sujet offrait des difficultés de plus d'un genre ; et le hasard, comme pour rehausser encore l'éclat de votre victoire, vous avait donné les plus redoutables concurrens.

L'heureuse année de la restauration vit couronner dans cette même académie votre *Discours sur la critique*, ouvrage plein de vues fines et d'aperçus délicats présentés avec une rare élégance, et qui rappela aux deux grands monarques, témoins de votre triomphe, la manière piquante, le style vif et léger des ingénieux écrivains du dix-huitième siècle, si bien accueillis à la cour de leurs aïeux.

Une troisième palme académique suivit de près les deux autres, et l'on commença dès-lors à croire que celui qui les avait remportées méritait de s'asseoir bientôt parmi ceux qui les décernaient, et de passer incessamment du banc des candidats au fauteuil des juges.

Votre Éloge de Montesquieu n'est pas seulement remarquable par ce talent de critique littéraire que vous aviez déjà montré et qui s'est si heureusement et si diversement développé depuis, dans vos notices sur Lucain, Cicéron, Lucrèce, Fénélon et

Milton. Tout en paraissant sé renfermer dans les limites matérielles du concours, votre esprit a pris un vol hardi; quelques pages vous ont suffi pour une composition d'un genre élevé ; c'est un vrai tableau d'histoire , dans le cadre étroit d'un portrait.

J'arrive , monsieur , à un ouvrage auquel vous avez dû attacher beaucoup plus d'importance, votre *Histoire de Cromwell.*

Cromwell! A ce nom , que de souvenirs se réveillent dans l'âme du lecteur ! et, si ce lecteur est français, à quelles émotions profondes ne doit-il pas s'attendre ? peut-on lire en effet les malheurs de Charles Ier , sans se rappeler une autre victime ornée de plus de vertus encore , et sans déplorer cette fatale ressemblance de destinées que l'antique loyauté française semblait rendre à jamais impossible ? Dans le récit des fléaux que ce premier crime attira sur l'Angleterre , qui ne retrouve tous ceux dont la France a gémi ? Quelle effrayante conformité de forfaits ! quelle conformité touchante de dévoûmens héroïques ! Et, pour n'en citer qu'un exemple , en s'attendrissant sur le sort du brillant et fidèle Montrose, qui vécut, combattit, et mourut en héros, à trente-huit ans, chantant en vers sa dernière heure et son affreux supplice, qui de nous ne donne des larmes à la mémoire de ces Français généreux qui, comme lui, défendirent si long-temps, sans espérance, et au prix de leur sang, la cause de leur Roi, et terminèrent, comme lui, leur noble vie par une mort plus noble encore?

Heureux l'historien qui trouve dans son âme tout le talent nécessaire à de pareils tableaux! Je dis dans son âme; car, en dépit du système contraire qui a dominé dans ce siècle, et qui a égaré plusieurs écrivains d'ailleurs recommandables, ce serait, je pense, une grave erreur en littérature, et plus grave encore en morale, de croire que la raison et l'impartialité suffisent à un historien, et que l'imagination et même la passion (j'entends la passion de la justice) ne lui soient pas nécessaires. Qu'il soit impartial dans le récit des faits, c'est un devoir; mais indifférent dans ses jugemens! c'est, ce me semble, l'oubli le plus complet de sa mission. La justice aussi est impartiale ; mais elle condamne et elle absout ; l'histoire, comme la justice, doit absoudre et condamner.

Eh! qui donc effraierait les tyrans et les usurpateurs à venir, si leurs devanciers dans la carrière du crime étaient traités avec tout le sang-froid , avec tous les ménagemens d'une impartialité philosophique ?

Quelle leçon les nations puiseraient-elles dans les fastes historiques , si , lorsqu'un peuple, par le plus odieux outrage qu'on puisse faire aux lois les plus saintes, a mis ou a laissé mettre en jugement son roi , l'historien ne consignait en caractères de feu et les derniers vœux de la royale victime , et les protestations des sujets fidèles, et les repentirs publics, et s'il n'appelait pas sur de tels attentats l'exécration des siècles?

Enfin , dans l'exil, dans les fers , et jusque sur l'échafaud, quelle est , après la religion, la plus grande consolation de l'innocence immolée, ou de la grandeur déchue, si ce n'est l'histoire? quels illustres infortunés n'ont levé les yeux vers elle à leurs derniers momens, n'ont espéré dans sa justice, et, privés de défenseurs parmi leurs contemporains, ne se sont reposés sur elle du soin de les défendre au tribunal de la postérité ?

Historiens, et vous, surtout, historiens de notre belle France, ah ! laissez, laissez l'indifférence au genre d'écrits auxquels elle est permise, ou qui y sont condamnés. Gardez-vous de rester neutres entre le juste et l'injuste, entre la félonie et la fidélité ; neutralité funeste, qui tuerait bientôt et la morale, et le talent ; car il n'y a plus de talent, là où il n'y a plus de conscience. Passionnez-vous pour le malheur ; passionnez-vous contre la tyrannie, et même, suivant l'expression noblement éloquente d'un grand homme d'état, ne craignez pas *d'insulter jusqu'à la gloire, toutes les fois que la gloire n'est pas la vertu !*

Tels sont, sans doute, monsieur, vos sentimens et vos doctrines. Vous n'êtes pas, vous ne pouvez pas être de ces hommes indifférens qui, à force de vouloir être justes comme la vérité, sont injustes comme la fortune. Vous louez vivement la vertu dans votre histoire, et vous parlez du crime, même heureux, sans ménagement. Quelquefois, pourtant, on serait tenté de croire que votre esprit naturellement judicieux et modéré s'est un peu laissé séduire par ce système d'impartialité historique que j'ai cru devoir combattre tout-à-l'heure, et c'est à cela peut-être qu'il faut attribuer le défaut de couleur et d'énergie qu'on a remarqué dans quelques-uns de vos tableaux ; défaut (je m'empresse de le dire) heureusement racheté par une foule de traits spirituels et de réflexions profondes, par des portraits hardiment dessinés, par des récits pleins de mouvement.

Ah ! qui peut mieux que vous, monsieur, se mettre au-dessus des faux systèmes, des influences fatales au talent, et répandre dans ses ouvrages cet intérêt qui les fait vivre, cet intérêt qui vient de l'âme de l'écrivain et s'empare de l'âme du lecteur ! avec quelle franchise de langage, avec quelle vérité de couleurs n'avez-vous pas attaqué dans plusieurs de vos écrits et le despotisme de la licence populaire, et la complicité de la peur, cette fidèle auxiliaire des révolutions, et l'attentat du 21 janvier et les crimes de l'usurpation ? Qui mieux que vous a caractérisé l'assassinat du duc d'Enghien, lorsque vous avez dit que, *par ce meurtre, l'usurpateur s'était approché du régicide autant qu'il avait pu ?*

Enfin, Monsieur, cette fatale épreuve du 20 mars, où tant de faibles ont succombé, où tant de forts ont chancelé, a-t-elle ébranlé votre fidélité ? N'est-ce pas à cette époque que, vous témoignant ma joie de vous voir si attaché à la cause du Roi, vous me répondîtes devant plusieurs témoins et avec un accent que je n'oublierai jamais : *J'aime les Bourbons de toute la haine que je porte à leur ennemi.* Et lorsque, empruntant le nom de quelques écoliers du collége où vous professiez, et les supposant même autorisés par leurs maîtres, je ne sais quel pamphlétaire osa publier une pétition calomnieuse pour l'antique race de nos rois, ne vous vit-on pas, monsieur, rédiger, signer le premier, et imprimer dans une feuille publique, une protestation, où vous et vos honorables collègues donniez à cet impudent faussaire un démenti aussi éclatant que périlleux ?

Vous éprouverez plus que jamais, Monsieur, l'influence des bonnes doctrines sur le talent, dans la composition de l'ouvrage qui vous occupe en ce moment, *l'Histoire morale et littéraire du moyen âge pendant les premiers siècles de l'Eglise*. Quel tableau, que celui de la société régénérée par le christianisme, par cette religion d'espérance, descendue du ciel pour servir, comme vous le dites vous-même, de contrepoids à l'esclavage de la terre ! Quelle galerie de portraits va s'offrir à vos pinceaux ! que de génies bienfaisans, dont les écrits sont aujourd'hui ou ignorés, ou méconnus, verront renaître sous votre plume leurs titres à notre reconnaissance et à notre admiration ! Dans votre excellent *Discours sur l'oraison funèbre*, vous avez déjà éloquemment protesté pour eux contre l'oubli de l'auteur de l'*Essai sur les éloges*. Vous acheverez de venger leur mémoire, en nous reproduisant les traits de cette éloquence de l'enthousiasme et du martyre, qui remplaça et surpassa quelquefois les merveilles de la tribune de Rome et d'Athènes.

Poursuivez, Monsieur, cette honorable entreprise. L'Académie attend beaucoup de vous. Admis dans son sein, par une exception presque sans exemple, à l'âge de trente ans, vous avez déjà justifié son choix. Faites maintenant qu'elle s'en glorifie.

Mais que ne devez-vous pas surtout à ce monarque auguste qui met la gloire des lettres au rang des plus grandes gloires, et les bons ouvrages au rang des belles actions ; à ce Roi législateur, qui nous a rendu les deux biens les plus chers aux écrivains, la paix et la liberté, la liberté dont la Charte est pour nous le gage immortel !

Ah ! continuez, Monsieur, d'instruire l'élite de la jeunesse française qu'il a confiée à vos soins, et par le bon goût de vos écrits, et par le charme puissant de vos improvisations. Que cette jeunesse généreuse que tant d'esprits pervers ont cherché à égarer, apprenne de vous à fuir toutes ces passions qui troublent le présent et gâtent l'avenir,

à connaître et à pratiquer ses devoirs avant
de s'occuper de ses droits, à n'ouvrir son
âme qu'aux émotions nobles et douces, et à
n'aimer enfin que ce qui doit la rendre heureuse, la vertu, le Prince et la patrie!

FIN.

IMPRIMERIE DE P. GUEFFIER,
RUE GUÉNÉGAUD, N° 31.

9 782019 665913